# しずかなる舟

池田和彦

砂子屋書房

*目次

一

三

装本・倉本　修

# 歌集　しずかなる舟

一

## しずかなる舟

山峡はしずかなる舟夜もすがら星のめぐりを
漕ぎすすむなり

## 睡蓮の池

菖蒲田をひたして水のながれくる睡蓮の池花さかりなり

睡蓮の浮き葉ぴたりと水に伸びてしずかなる
時花に到れり

睡蓮の葉はことごとく水に堪え一期のほまれ
花にあつむる

淋しさの脚折りまげて滑りくる花のみなもの
水すましかな

大蓮に乗るを夢みし少年もわがうちに顕つ睡
蓮の池

水なかにわが死をもがくわれありき輝くみなも無援なりしも

睡蓮の水面にふいと亀の貌この両棲の水好む貌

吹上の夕かたまけて睡蓮の池にきたればみな
眠りおり

けさの風ひえびえとして山みずの睡蓮の花咲
きがてぬかも

あさ霧はつつみきたれり母上のとおき哀しみ
われ生みしこと

## 柚子の実

チンダルのひかりの帯に微塵舞うわが少年は
渋谷の駅に

声のでる少年の声に耳が向いて荷風の日記が
進まずにいる

復活の日は満月ののちに来て桜木に花いづる
とき到る

ただいまと息はずませて桜咲くただいまただ
いま幾万のただいま

うす紅のさくら花びら満つるまでつめたき肌
をかさねゆきたり

駒場から野良犬のごと逃れきて道玄坂下あてど無くしき

お茶の水はパリの香りにあふれいきモージェ

懐かし　殴打　かの日々

ペルソナを仮面と知りしそのかみのわが童貞
の苦き日洩るる

メッツォソプラノふともま深き声に及びあく
がれわれに湧きいづるかも

うたを詠むことばの恵みふかきほどつくづく
ふかし咎かさねゆく

悲しめば銀杏黄金に輝きて夕日の戦ぎかぎり
なきかも

銀杏いま金色の葉をふりそそげこころ貧しき
われへの幸に

秋の日のヴィオロンの弦《つる》緩ませて魔王に消えた
る駒はずすなり

はなみずき紫蘇むらさきに色づきてひと朝の
霧やわらかに湧く

とちの木は夕こがらしに揺らぎいて野のとお
やまの翳りふかしも

柚子の実のひとつひとつの過ぎゆきを日当たりながら眺めいるかな

成木杉山

山峡のあさのはだえはぬくもりてしずかな息
の霧たちのぼる

悲しみてすぎやますぎへ向きゆけば直ぐなる
幹のいのちつづけり

谷川に杉たかだかと揃いおりここより杉やま
立ち上がるらし

渓あいは杉まさりおりおりおりの檜の影を尊くも仰ぐ

年ふりて杉と檜のわかち知るわが生きの間はちちははの恩

老いの杉は見上ぐるほどにうつくしき少年の
肌なおやどしいて

ひと谷を木霊はまぎれなくもどるグレゴリオ
聖歌キリエの音階

安楽寺の成木縁起は鳴る木にていま杉やまが
おおかぜに鳴る

みおろしのふかき谷まで杉たてり美杉のみき
を直ぐ立てそろえて

山すぎのひとつとなりて底いよりそらみあぐれば天なおふかし

空くもれば杉はにわかに香りたちおぐらき森にうるおいいたる

杉伐ればしたたりにけり木のいのち歳月の輪をうつくしくして

ああ成木杉山杉は音もなく天空を射す昔日のごと

母

黒川の雪どけみずの坂みちを母へ母へとくだりゆきけり

母上の舌かわゆきやその口のへにのこりたる
薬粉舐めれば

母のへにモビール揺れてわが母は汝《な》れを恋う
子をもはやおぼえず

ひとゆえの大きやまいや子を忘る母ならんか
なそばに涙す

呑み込むとう日日のことままならず日日の糧
いただけざらんも

姉に説く喉のしくみのそのひとつ嚥下反射の
切なき守り

なんの医をまなびきたらん現し身のわが母な
れば決めがてぬかも

ときの間に急かされたりとおもえども虚しか
るらん強いて生くるは

たんぽぽの堪えがたき世に咲きいでてこの明
るさはだれの恵みぞ

母の胃に孔あきしよりわが姉もわれも気づけり誇大なる生

姉と守《も》る母の胃ろうの落ちるのを小さなむかしの家族団欒

ふる里にあにいもうとなりしわが母をあねおとうとが看取らんとする

はしゃぎつつ傘さしてゆくアマリリスきょう雲のうえ夏至の祭りや

早暁のわが身の丈はちぢみゆき末期の母の丈にかさなる

その背なに雪の白鷺みておれば母上ふわりと振りむきたもう

天翔る白鷺の脚ほそく伸び母今生の身をかる
くせり

一木のつめたき幹は観音の御《み》肌なりけり冬の
けやきは

冬さむの空のくもりはひといろにあらずみな
みのかたが明らむ

わたくしの広場恐怖は上野にて母にはぐれた
絶望にある

母と子の入水のごとき西日なかわれは遺りし
子なりわれはも

軟体の虫這う墓をみまもりてしまし冷や酒飲
むはたのしも

長虫が背伸びし踵をかえしたる紫のはなの花
弁つよしも

多摩丘陵とおき地平にのぞみおり母訪いしこ
と繁きはむかし

夏草はビロードのごと波揺れて母の末期はか
くもありしか

霧湧けるあかときくたち望月の身罷るごとく
沈みゆくなり

白埴の皿に盛りたるひと房の葡萄濡れおり母
おわすごと

紫陽花

あじさいに藍をきわめる雨ふりて信濃の国は
冷えわたるなり

紫陽花の藍きわ立てばこころ絞める逃《のが》れる
生しかなかったのか

パスカルのひとの脆さよ生き死にの水一滴は
まことまみずか

あじさいの鞠は揺れてる魂もとおいところで
揺れてるだろう

信濃路の夜のはたてをしんしんと雁わたりゆ
くわれは水なり

年ふればちちははへの想いへだてなし夕べあ
じさい移ろいにけり

## てんとう虫

やわらかき草のおもては広場なりてんとう虫
の閉じこめられて

茎の頸たわみ反れたる実のかたへてんとう虫
は這えりこくりこ

てんとう虫のあゆみゆくとことごとく罪の
塗られてゆくといえども

そよ風に揺るるしたくさ地に近してんとう虫
は宙づりに生く

この闇に樹影かがやきいだすとき日の出うつ
くしからん生きたかりけり

首吊りのてんとう虫の足掻きかな哀れみじか
き足掻きよ足掻き

丘のへに釘うつおとの響きありコルクに虫を
刺しつけるとき

サラバンド愛撫する手が指になり野辺のおくりを背なで奏でる

草つかむてんとう虫よ夜の明けるあけのひかりを渾身にあびよ

同学茂吉

皇帝のおらぬウィーンにわれも来て茂吉の業
房に励みいしこと

墺太利のウィーン神経学研究所一夏茂吉にあずかりしごと

ヴォティーフの御《み》寺の鐘の音をそばに脳切片を閲みせり吾れも

兎の脳持ちて茂吉に語りしはヴュルツブルクの老師なりしも

ブリューゲル　サウルの死せる絵の前にいかほど長く茂吉たちしや

スピロヘータ脳髄ふかく侵すとき文化の果実
異様に甘し

ラテン語は羨し大学祝典の序曲に合唱勢い湧
けば

ソプラノの刹那のあえぎその乳に息もどりきて歌昇りゆく

矢内原に消ると倚りきてささやけるウィーン婦人の赤らひく頬

剝き海老にレモンたらせば忽然と異国湧きいづる茂吉の異国が

地中海の空あけひろげ髭白きジョルジュ・ムスタキ自由をうたう

歌うたうムスタキの舌湿りおり地中海にいくつことばあるやら

おさなごの首垂るむくろを抱きつつああすでに渚地中海果つる

精興社の活字活字のあわいにも雪ふりつもる
赤彦臨終記

いまはむかしちいさき活字が倚り合うて茂吉
歌集がうまれいでけり

雨ふりの茂吉のぶどうおもく垂れる大正経ね
ば昭和はきたらず

皇帝もダリアも憂い深まるに皇帝ダリアただ
にそびゆる

## りんごの木

果樹園はみどり溢れて草あたらし程よき丈の
枝葉したしも

このちは林檎とならん生き生きて花のまなかに雌しべ身籠もる

ときは満ちあなたも満ちてゆくけれどわたしに満ちる時いつくるの

飛びおりてごらん空には墜ちないよ大地の蛇
はりんごにささやく

ことばことばアダムにことばイヴにことばあ
るの不可思議蛇にあるのも

まっしろな裸身倚ってくほらほら無垢の十指
わたしを挽いでく

りんごスライス重ねてゆけば重なるも全き林
檎にもはやもどれぬ

りんごの木ここだ乳房《ちちふさ》滴らせわれらはイヴの
はらからなりや

りんご樹系あなたもわたしも吊されてイヴの
花野につながれている

りんごの木あまつひかりの粒あびて夜はやさしき星かげを享く

## 煉獄

父の墓に子を入れやがて母も入りて賑やかなりや泉下煉獄

肌しろきまま老いゆける罰あるべしははそはの母ちちのみの父

丸首のメリヤス肌着に首とおすことなどしおれば七十年過ぎぬ

雨ふりの墓参りなり柄杓にて更にみずうつ古
稀となる日に

父母を見捨てしごとくおもうとき父への悔恨
山のごとしも

子を偲ぶよすが避けきしいまもふと夢に子が
笑むのちの苦しみ

亡き兄と一語わが子が添えしとき新郎の父母
涙あふるる

亡き兄とわが子の口から出でたれば縛《いまし》めひとつ解かるるごとし

伸びあがり反りあがりしてたかだかと子ら掲げしも遙けきならん

正月の笑い玉なりちちははのじじばばの手を
わたる赤子は

父よりも優しき娘の不可知論　無神の父への
思い遣りなり

煉獄を相かたらいて登るなりわが娘子と二ッ塚峠へ

ちちははの身罷りしときわれおらぬ悔やみ深しも是非なし　子らよ

わが父が小千谷の雪の夜に看取りしたるを語りしことも浮かび来

昭和とはかくも哀しき夜更けかな父敗軍の毒薬をもち

年ふればおりおり致死量のことおもう　父は
書斎に乳鉢置きいし

父の旧著アマゾンにみつけ涙せり『薬物致死
量集』はも

ほそき息父の舟歌きこえつつ霧の琵琶湖を漕ぎ去るならん

ちちははははおぼろとなりてゆきにけりはつかにみゆるひらがなのなか

ひたすらに月光浴びれば洩れいづるこの後の
世のかなしき想い

星のやどり

八十と八ある星のやどりかなわれらは明治星
学より始む

鉄窓のみえぬ星ありありあまるひかり籠めいて昏き星なり

影森の夜は鉱石のやまをちかみ独逸浪漫のノヴァーリス恋うる

しずかにと天使が口にゆびをあてて降りてき
そうな星月夜かな

ひとりみる星のやどりは悲しくて滅びし星も
光るなりいま

そらにひとつ幼な子の星点りいてああこの父
の及びがたしも

われはいま星のめぐりに目醒めいるきっと明
るきところなるべし

ただ遠き星のやどりを眺むのみいのちは光り
を越せぬさだめに

星降るをむこうの夜と眺めおりわがたたずむ
は頂きならん

もはやなき星をみつむる悲しさよ億光年へほ
どけゆきたし

## 広島

グーグル地図われも見下ろすここちして広島
爆心相生橋ここ

とこしえの水わかれゆくあたりにて相生橋も
被曝したりき

犬捕りの低く唄いしまちなりき犬あゆみきて
ほそく吐きおり

抱きおこしたりしもののみ生き嗣ぎて夏の河
原にもどりくるかな

広島の夏吸いこめば肺燃ゆる黒蟻ひとつ天日
をあゆみ

気管支は暗闇のなか分かれゆき安芸太田川爆
心へ分岐す

近代の硬性胃鏡の是非もなし安芸太田川爆心
へ撓み

降りきたるものみな国家のしるしあり原子爆弾一基さらなる一基

夏われら真日ただなかに闇をみん滅びるまでは原爆の民

原爆の民じゃないというならどうだろう被曝
一事を嗣ぎゆけばよい

夏の日のこころたよるは浮き雲にあらず目に
たつ夾竹桃の紅

背に結えるおとうとを焼かんと少年はほむらに向きて気を付けしいる

広島忌長崎忌敗戦日　炎昼移りゆくわれらの国家

広島忌ニュース終われば朗らかに鐘鳴らす歌
戦後はるけし

炎天へひまわり伸びてわが帽をぐいとこした
る悦び高し

# 砂子屋書房 刊行書籍一覧（歌集・歌書）

2019年4月現在

＊御入用の書籍がございましたら、直接弊社あてにお申し込みください。
代金後払い、送料当社負担にて発送いたします。

| | 著者名 | 書名 | 本体 |
|---|---|---|---|
| 1 | 阿木津　英 | 『**阿木津　英 歌集**』現代短歌文庫5 | 1,500 |
| 2 | 阿木津　英 歌集 | 『**黄　鳥**』 | 3,000 |
| 3 | 秋山佐和子 | 『**秋山佐和子歌集**』現代短歌文庫49 | 1,500 |
| 4 | 雨宮雅子 | 『**雨宮雅子歌集**』現代短歌文庫12 | 1,600 |
| 5 | 有沢　螢 歌集 | 『**ありすの杜へ**』 | 3,000 |
| 6 | 池田はるみ | 『**池田はるみ歌集**』現代短歌文庫115 | 1,800 |
| 7 | 池本一郎 | 『**池本一郎歌集**』現代短歌文庫83 | 1,800 |
| 8 | 池本一郎歌集 | 『**萱鳴り**』 | 3,000 |
| 9 | 石川恭子歌集 | 『**Forever**』 | 3,000 |
| 10 | 石田比呂志 | 『**続 石田比呂志歌集**』現代短歌文庫71 | 2,000 |
| 11 | 石田比呂志歌集 | 『**邯鄲線**』 | 3,000 |
| 12 | 一ノ関忠人歌集 | 『**木ノ葉揺落**』 | 3,000 |
| 13 | 伊藤一彦 | 『**伊藤一彦歌集**』現代短歌文庫6 | 1,500 |
| 14 | 伊藤一彦 | 『**続 伊藤一彦歌集**』現代短歌文庫36 | 2,000 |

| | 著者名 | 書名 | 本体 |
|---|---|---|---|
| 41 | 春日いづみ | **『春日いづみ歌集』** 現代短歌文庫118 | 1,500 |
| 42 | 春日真木子 | **『春日真木子歌集』** 現代短歌文庫23 | 1,500 |
| 43 | 春日真木子 | **『続 春日真木子歌集』** 現代短歌文庫134 | 2,000 |
| 44 | 春日井　建 | **『春日井　建 歌集』** 現代短歌文庫55 | 1,600 |
| 45 | 加藤治郎 | **『加藤治郎歌集』** 現代短歌文庫52 | 1,600 |
| 46 | 加藤治郎歌集 | **『しんきろう』** | 3,000 |
| 47 | 雁部貞夫 | **『雁部貞夫歌集』** 現代短歌文庫108 | 2,000 |
| 48 | 雁部貞夫歌集 | **『山雨海風』** | 3,000 |
| 49 | 川野里子歌集 | **『歓　待』** | 3,000 |
| 50 | 河野裕子 | **『河野裕子歌集』** 現代短歌文庫10 | 1,700 |
| 51 | 河野裕子 | **『続 河野裕子歌集』** 現代短歌文庫70 | 1,700 |
| 52 | 河野裕子 | **『続々 河野裕子歌集』** 現代短歌文庫113 | 1,500 |
| 53 | 来嶋靖生 | **『来嶋靖生歌集』** 現代短歌文庫41 | 1,800 |
| 54 | 紀野　恵 歌集 | **『午後の音楽』** | 3,000 |
| 55 | 木村雅子 | **『木村雅子歌集』** 現代短歌文庫111 | 1,800 |
| 56 | 久我田鶴子 | **『久我田鶴子歌集』** 現代短歌文庫64 | 1,500 |
| 57 | 久我田鶴子歌集 | **『菜種梅雨』** ＊日本歌人クラブ賞 | 3,000 |
| 58 | 久々湊盈子 | **『久々湊盈子歌集』** 現代短歌文庫26 | 1,500 |
| 59 | 久々湊盈子 | **『続 久々湊盈子歌集』** 現代短歌文庫87 | 1,700 |

| | 著者名 | 書名 | 本体 |
|---|---|---|---|
| 86 | 坂井修一 | **『続 坂井修一歌集』** 現代短歌文庫130 | 2,000 |
| 87 | 佐佐木幸綱 | **『佐佐木幸綱歌集』** 現代短歌文庫100 | 1,600 |
| 88 | 佐佐木幸綱歌集 | **『ほろほろとろとろ』** | 3,000 |
| 89 | 佐竹弥生 | **『佐竹弥生歌集』** 現代短歌文庫21 | 1,456 |
| 90 | 佐藤通雅歌集 | **『強　霜（こはじも）』** ＊詩歌文学館賞 | 3,000 |
| 91 | 志垣澄幸 | **『志垣澄幸歌集』** 現代短歌文庫72 | 2,000 |
| 92 | 篠　弘 | **『篠　弘 全歌集』** ＊毎日芸術賞 | 7,000 |
| 93 | 篠　弘 歌集 | **『日日炎炎』** | 3,000 |
| 94 | 篠　弘 歌集 | **『司会者』** | 3,000 |
| 95 | 柴田典昭 | **『柴田典昭歌集』** 現代短歌文庫126 | 1,800 |
| 96 | 柴田典昭歌集 | **『猪鼻坂』** | 3,000 |
| 97 | 島田修三 | **『島田修三歌集』** 現代短歌文庫30 | 1,500 |
| 98 | 島田修三歌集 | **『帰去来の声』** | 3,000 |
| 99 | 島田幸典歌集 | **『駅　程』** ＊寺山修司短歌賞・日本歌人クラブ賞 | 3,000 |
| 100 | 高野公彦 | **『高野公彦歌集』** 現代短歌文庫3 | 1,500 |
| 101 | 高野公彦歌集 | **『河骨川』** ＊毎日芸術賞 | 3,000 |
| 102 | 髙橋みずほ | **『髙橋みずほ歌集』** 現代短歌文庫143 | 1,600 |
| 103 | 田中　槐 歌集 | **『サンボリ酢ム』** | 2,500 |
| 104 | 玉井清弘 | **『玉井清弘歌集』** 現代短歌文庫19 | 1,456 |

| | 著者名 | 書名 | 本体 |
|---|---|---|---|
| 131 | 馬場あき子歌集 | **『渾沌の鬱』** | 3,000 |
| 132 | 浜名理香歌集 | **『流　流』** ＊熊日文学賞 | 2,800 |
| 133 | 日高堯子 | **『日高堯子歌集』** 現代短歌文庫33 | 1,500 |
| 134 | 日高堯子歌集 | **『振りむく人』** | 3,000 |
| 135 | 福島泰樹歌集 | **『焼跡ノ歌』** | 3,000 |
| 136 | 福島泰樹歌集 | **『空襲ノ歌』** | 3,000 |
| 137 | 藤原龍一郎 | **『藤原龍一郎歌集』** 現代短歌文庫27 | 1,500 |
| 138 | 藤原龍一郎 | **『続 藤原龍一郎歌集』** 現代短歌文庫104 | 1,700 |
| 139 | 前　登志夫歌集 | **『流　轉』** ＊現代短歌大賞 | 3,000 |
| 140 | 前川佐重郎 | **『前川佐重郎歌集』** 現代短歌文庫129 | 1,800 |
| 141 | 前川佐美雄 | **『前川佐美雄全集』** 全三巻 | 各12,000 |
| 142 | 前田康子歌集 | **『黄あやめの頃』** | 3,000 |
| 143 | 前田康子 | **『前田康子歌集』** 現代短歌文庫139 | 1,600 |
| 144 | 蒔田さくら子歌集 | **『標のゆりの樹』** ＊現代短歌大賞 | 2,800 |
| 145 | 松平修文 | **『松平修文歌集』** 現代短歌文庫95 | 1,600 |
| 146 | 松平盟子 | **『松平盟子歌集』** 現代短歌文庫47 | 2,000 |
| 147 | 松平盟子歌集 | **『天の砂』** | 3,000 |
| 148 | 松村由利子歌集 | **『光のアラベスク』** | 2,800 |
| 149 | 水原紫苑歌集 | **『光儀（すがた）』** | 3,000 |

| | | | |
|---|---|---|---|
| 110 | 内藤　明 歌集 | **『薄明の窓』** | 3,000 |
| 111 | 内藤　明 | **『内藤　明 歌集』** 現代短歌文庫140 | 1,800 |
| 112 | 内藤　明 | **『続 内藤　明 歌集』** 現代短歌文庫141 | 1,700 |
| 113 | 中川佐和子 | **『中川佐和子歌集』** 現代短歌文庫80 | 1,800 |
| 114 | 永田和宏 | **『永田和宏歌集』** 現代短歌文庫9 | 1,600 |
| 115 | 永田和宏 | **『続 永田和宏歌集』** 現代短歌文庫58 | 2,000 |
| 116 | 永田和宏ほか著 | **『斎藤茂吉―その迷宮に遊ぶ』** | 3,800 |
| 117 | 永田和宏歌集 | **『饗　庭』** ＊読売文学賞・若山牧水賞 | 3,000 |
| 118 | 永田和宏歌集 | **『日　和』** ＊山本健吉賞 | 3,000 |
| 119 | 永田和宏 著 | **『私の前衛短歌』** | 2,800 |
| 120 | 中津昌子歌集 | **『むかれなかった林檎のために』** | 3,000 |
| 121 | なみの亜子歌集 | **『バード・バード』** ＊葛原妙子賞 | 2,800 |
| 122 | なみの亜子歌集 | **『「ロフ」と言うとき』** | 2,800 |
| 123 | 西勝洋一 | **『西勝洋一歌集』** 現代短歌文庫50 | 1,500 |
| 124 | 花山多佳子 | **『花山多佳子歌集』** 現代短歌文庫28 | 1,500 |
| 125 | 花山多佳子 | **『続 花山多佳子歌集』** 現代短歌文庫62 | 1,500 |
| 126 | 花山多佳子 | **『続々 花山多佳子歌集』** 現代短歌文庫133 | 1,800 |
| 127 | 花山多佳子歌集 | **『木香薔薇』** ＊斎藤茂吉短歌文学賞 | 3,000 |
| 128 | 花山多佳子歌集 | **『胡瓜草』** ＊小野市詩歌文学賞 | 3,000 |
| 129 | 花山多佳子 著 | **『森岡貞香の秀歌』** | 2,000 |
| 130 | 馬場あき子歌集 | **『太鼓の空間』** | 3,000 |

| | | | |
|---|---|---|---|
| 65 | 小池　光 | **『続々 小池　光 歌集』** 現代短歌文庫65 | 2,000 |
| 66 | 小池　光 | **『新選 小池　光 歌集』** 現代短歌文庫131 | 2,000 |
| 67 | 河野美砂子歌集 | **『ゼクエンツ』** ＊葛原妙子賞 | 2,500 |
| 68 | 小島ゆかり歌集 | **『さくら』** | 2,800 |
| 69 | 小島ゆかり | **『小島ゆかり歌集』** 現代短歌文庫110 | 1,600 |
| 70 | 小高　賢 | **『小高　賢 歌集』** 現代短歌文庫20 | 1,456 |
| 71 | 小高　賢 歌集 | **『秋の茱萸坂』** ＊寺山修司短歌賞 | 3,000 |
| 72 | 小中英之 | **『小中英之歌集』** 現代短歌文庫56 | 2,500 |
| 73 | 小中英之 | **『小中英之全歌集』** | 10,000 |
| 74 | 小林幸子歌集 | **『場所の記憶』** ＊葛原妙子賞 | 3,000 |
| 75 | 小見山　輝 | **『小見山　輝 歌集』** 現代短歌文庫120 | 1,500 |
| 76 | 今野寿美 | **『今野寿美歌集』** 現代短歌文庫40 | 1,700 |
| 77 | 今野寿美歌集 | **『さくらのゆゑ』** | 3,000 |
| 78 | 三枝昻之 | **『三枝昻之歌集』** 現代短歌文庫4 | 1,500 |
| 79 | 三枝昻之歌集 | **『遅速あり』** | 3,000 |
| 80 | 三枝昻之ほか著 | **『昭和短歌の再検討』** | 3,800 |
| 81 | 三枝浩樹 | **『続 三枝浩樹歌集』** 現代短歌文庫86 | 1,800 |
| 82 | 佐伯裕子 | **『佐伯裕子歌集』** 現代短歌文庫29 | 1,500 |
| 83 | 佐伯裕子歌集 | **『感傷生活』** | 3,000 |
| 84 | 坂井修一歌集 | **『青眼白眼』** | 3,000 |
| 85 | 坂井修一 | **『坂井修一歌集』** 現代短歌文庫59 | 1,500 |

| | | | |
|---|---|---|---|
| 20 | 江戸　雪 歌集 | **『駒　鳥（ロビン）』** | 3,000 |
| 21 | 大下一真歌集 | **『月　食』** ＊若山牧水賞 | 3,000 |
| 22 | 大辻隆弘 | **『大辻隆弘歌集』** 現代短歌文庫48 | 1,500 |
| 23 | 大辻隆弘歌集 | **『汀暮抄』** | 2,800 |
| 24 | 大辻隆弘歌集 | **『景徳鎮』** ＊斎藤茂吉短歌文学賞 | 2,800 |
| 25 | 岡井　隆 | **『岡井　隆 歌集』** 現代短歌文庫18 | 1,456 |
| 26 | 岡井　隆 歌集 | **『馴鹿時代今か来向かふ』（普及版）** ＊読売文学賞 | 3,000 |
| 27 | 岡井　隆 歌集 | **『銀色の馬の鬣』** | 3,000 |
| 28 | 岡井　隆 著 | **『新輯 けさのことば Ⅰ・Ⅱ・Ⅲ・Ⅳ・Ⅵ・Ⅶ』** | 各3,500 |
| 29 | 岡井　隆 著 | **『新輯 けさのことば Ⅴ』** | 2,000 |
| 30 | 岡井　隆 著 | **『今から読む斎藤茂吉』** | 2,700 |
| 31 | 沖　ななも | **『沖ななも歌集』** 現代短歌文庫34 | 1,500 |
| 32 | 奥村晃作 | **『奥村晃作歌集』** 現代短歌文庫54 | 1,600 |
| 33 | 尾崎左永子 | **『尾崎左永子歌集』** 現代短歌文庫60 | 1,600 |
| 34 | 尾崎左永子 | **『続 尾崎左永子歌集』** 現代短歌文庫61 | 2,000 |
| 35 | 尾崎左永子歌集 | **『椿くれなゐ』** | 3,000 |
| 36 | 尾崎まゆみ | **『尾崎まゆみ歌集』** 現代短歌文庫132 | 2,000 |
| 37 | 笠原芳光 著 | **『増補改訂 塚本邦雄論 逆信仰の歌』** | 2,500 |
| 38 | 柏原千惠子歌集 | **『彼　方』** | 3,000 |
| 39 | 梶原さい子歌集 | **『リアス／椿』** ＊葛原妙子賞 | 2,300 |
| 40 | 梶原さい子 | **『梶原さい子歌集』** 現代短歌文庫138 | 1,800 |

ひろしまや向日葵頭をうつむけて昏き稔りの
ときを待ちたり

ひまわりの幾千の実のくろき粒ひとつひとつ
が咎負うごとし

ひまわりにぐんぐん暗きとき来たり国破れん
は過去のみならず

ここちよき夏の日蔭のハナミズキ扉の背のご
とき幹ひと触れす

八月の盆のしずかな広島に百日紅の花零れおちいし

公孫樹より墜ちたる木の実まだ蒼く八月空の雲のゆたかさ

樅の木のねかた草生のうるおいてレンゲショウマは麗し面伏す

山霧は兵士のごとくあとさきにわれを追いこし逃れゆくかな

夏あさの雲つねならずして昏く黙示とう古画
みあぐるごとし

家いえはみな今生の燈をともしひと日のいの
ち細るを足らう

蜘蛛の囲の一糸の影もあやまたぬ八月六日の
西日なりけり

仏足石歌体の歌一首

おのがじし昏きながれに身を倚せてみずに乗
せたりおのが灯籠くらき灯籠

# 二

栃の花

栃の実をよふけの街に落とせるは汝《な》れカスタ
ーニエ独逸遙けし

野菜の名ふたつみっつに熄みたればわれもしまらく闇におるなり

わが目には見えねど虫の這いおらん捕《と》らんと指を幾たびも出す

いのち絶つ思いをきけば底いよりちから喚び
よす南無とどめんと

ラジオからいまも途切れ途切れに聞こえ来て
肝心のことがわからぬ

むらぎもの汝《な》れのなずきに聞こえくる責め苦
よあわれ吾《あ》は聞きがてぬ

苦苦苦るし苦苦苦苦苦るし苦苦苦るし苦苦苦
苦苦るし苦苦苦苦苦うー

こんな昏いとこで詠ってたのかずいぶん昏い
こころ暗がりだね

なにするのあたしの脳にもうやめてもう音下
げて切ってよ切ってって

飲みません飲まない飲まないぜったい飲まな
いボーっとなるやつ

精神のやまいは脳のやまいなりドイツ精神医
学の芽吹き

暮れゆけば終わりを告げて立ちあがるこころ
病むとははたてなきかも

むらぎもの脳を鎮めて眠るのだ生きてゆくの
だ生きてゆくのだ

栃の木に生まれかわるといいて死すいずれの
栃とひと知れずいて

馬づらの平畑静塔わが祖父の耳鼻診療をうけ
しももとせ

静塔は京大俳句をかたるなく獄舎によめるヤスパースのみ

呼ばれてあゆむ真夜の中庭月は満ちて厭うことなしひとにつくすを

真夜なればわたり廊下を独りゆきてひとの母
御にこうべたれたり

桑の葉にねむる蚕のしずけさのごとき宿直《とのい》の
明けのよろこび

運動会どの精神科にもそらありてこの中庭は
とちの花さく

# 影絵

おちこちの杉山の影迫りきてわれも影絵となりて駈けたり

そらへ啼くきつねの背なのふと崩れ影のきつ
ねは野を駈け去りぬ

さくさくとニコニコ切ってゆきたれば鞍馬天
狗構える影法師なり

やわ肌のイヴの肱《かいな》も禁戒の林檎も蛇も切り絵
なりけり

総統のするどき鼻を裁ちてゆく切り絵の差別
ただならずみゆ

アラバマの乙女の顔を切りゆける旅の切り絵
師まばたきせずも

たっぷりと欺かれいる目はたのし影絵の姫は
月へかえりぬ

夕されば青梅やまなみ影となるあの起き伏しが穂なる大岳

富士の西麓

へだつもの秋冷のほかなにもなし真むかいに
たつ御《み》すがたの富士

山きわはなだらかにして空を截つ国一ひろき
なだりなるかな

溶岩のながれは星山にてとまり時ゆけば森そ
してこの町

鵜はおおきからだを落羽松にのすお浅間さんの小春日和よ

湧水のながれ疾《と》し虹鱒の躍動にふと放心のいとまみゆ

七十二歳幸田文迫りし大沢崩れいま秋富士の
裂けめと見あぐ

西に曝す陰《ほと》のわれめを仰ぎいる富士よ富士汝《な》
れ開耶姫なり

富士が嶺は真水たたうる炻器なりほとばしり
墜つる湧水の滝

## 聖枝祭

花盛り咲くはなの枝を鳥ゆする枝の主日は喜
色あふれて

うつくしき花盛りなり聖枝祭復活すでに満た
されており

花盛りすぎたるきょうの復活を祭るおとあり
なか空の風

花盛り去ればにわかに穢れたる蕊のしげりを
桜木として愛づ

青梅狭しみつばつつじの山下の駅よりひびき
来奥多摩行きと

永山は小学校の裏山よみつばつつじに身を攀じのぼる

高尾より青梅に通いし日々ありき八高線に川越ゆる愉しみ

ヴィットゲンシュタインの姉のごと丈たかく
駅頭神のみち説きおらん

萌えいづる街ハナミズキみどりしてひと日ゆ
うべは真白なりけり

春山はみどりながらに柄《がら》ひろげ薄やなぎいろ
もっとも淡し

若葉して初夏の桜となりておりこころ緩めば
なつかしきばかり

東芝青梅

駅をでて低き冬日の街道を工場へあゆむ列に
入りたり

四月朔さくら六分に溢れいて東芝青梅とわに閉ざさる

廃屋の東芝青梅崩れゆきけさドレスデン空襲のごと

解体は一朝ならず旬日を原爆ドームのすがた
に曝す

平成のみゆきこの地にありしほど日本語ワー
プロ秀でいしかも

青梅より日本語ワードプロセッサ出でたり青
梅　国語のほまれ

東芝の桜みごとに咲きいしも根こそぎならん
消え去るときは

産業道路しばし走らす一区画更地となりて御
岳みするも

東芝の灯のきえたれば小作なる淋しき駅のあ
かり乏しも

荒草の茂り出すや移ろえる国語に歴史ひとつ
つくりて
かな漢字変換という不可思議がにほんご詩歌
をはぐくめるかな

精興社のゲラ刷り待てり教授らは辞書仕上げ
んと青梅に詰めて

多摩川の花火もかみの青梅なれば山の広場で
打ち上げており

羽村の堰

転がれば根がらみ前の田におつる羽村の坂は
糸紡ぎ坂

睡蓮を植うるに水を張りてゆく田は一枚のおおき水甕

田に水の張られゆくとき小流れの音たかまれり歓ぶごとし

五ノ神は原っぱなりき機関車は火の粉を吹け
り羽村サンバよ

大風の雲に願掛けかつぎだす御輿に畜生どし
ゃぶりが降る

寺坂は羽村の山車の曳きどころ金輪際の笛や
太鼓や

多摩川の羽村の堰の水を逸れ太宰の水となり
ゆけるかも

## ゆりの花

山百合をみにゆかんかなアルプスの水を背なかに山こえお寺へ

杉木立切り立つやまの入りに咲くがくあじさいはもっとも可憐

注連縄を巻かれておれば逞しき素肌なりけり大杉の腰

やまゆりを性の過剰とみておればつくづく遠
し生の過ぎ来し

草色にいろをもどせるアナベルの鞠おとろえ
て鳥籠のごと

抱きついて巻きついて緋のノウゼンカズラわが懊悩はかほど烈しも

白百合のましろき花におのずから葯の粉こぼれ染みいづるかも

ゆびさきに雄しべは摘まれゆかれけり百合の
かなめの紅がちの蘂

白百合の雄しべを摘めばひといろの白となり
たり悲しからずや

秋の野山

たちまちに霧よせきたるやまみちの杉の根かたは青苔いきおう

セキヤノアキチョウジも蜜吸う蜂もたちまち
に霧に閉ざさるわが目交いに

霧の間をシラネセンキュウ姿みす森のくらみ
に白きわだたせ

霧よせて霧いだきくる水のごともはや輪廻に
呑まれておりぬ

霧わたるいとま紫陽花の藍みえてケーブルカ
ーは昇りゆくなり

杉一樹一樹に別れをつげゆきてわが魂のぼれ狭霧を抜けて

高杉のすぐたつ肌《はだえ》みどり帯び長絹の織りまとえるごとし

海に雲山に雨ふる理科たのし　水循環はわが
尽きぬ夢

中の洲を秋のながれの覆いゆき大石小石ある
だけ濯ぐ

ちから抜け朱のカヌーのみるみると流されゆけり魂のごとくに

穂にいでてえのころ草とこころづく夕暮れかたの生きのかがよい

若草と色たがえざる穂でありしえのころ草も
枯れ帯ぶるなり

曼珠沙華ひらきいでたるするどさよ試練に痛
みともなわぬなし

曼珠沙華おおかた花骸となりいるも全き花の
おりおり立てる

曼珠沙華さかりすぎればたちまちに花骸の茎
のかしぐばかりや

曼珠沙華朱に染まりいし野はいまし敗残の兵
囲いいるごと

鶏頭のめくれ重なる深紅なりここにも糜爛す
すみゆかんか

見のかぎり広野の草の戦ぎいてひとつよの秋
かくもさみしき

山峡のいしの河原に独り立つおとこ痩せおり
すすきなるべし

奥多摩

日原の水ぶつかり来この渓に多摩川本流たぎちまさりて

谷ふたつ落ち合う沢は青空へあけひろげなり
杉やまの底

渓流のきりぎしに聳ゆ石灰プラント白粉おび
たるまま古りにけり

じゃりじゃりと奥歯にのこる粉嚙めば酸化マグネシウム砂にほかなし

氷川なる寂しき村もとおりたり山かわの岩に水こおりいて

文庫本とじ丹波行きを報じたりバス運転手修
行僧のごと

魂も老いてゆかんか奥多摩のながれにのりて
魂も逝かんか

大麦代トンネルながく抜けゆけば小河内の湖
奥処へつづく

小河内の谷に多摩川満ちくれば山蛇あまた泳
ぎいでしと

地図は版を重ねきたれり小河内の谷底かよう
みちを隠して

一杯の水のむごとく湖のめば小河内の村目覚
め興らん

風さむき湖の岸辺のはるかなりかすかにみゆ
る山廻るバス

木枯らしの叫びのまなか杉の葉の相うつ音を
しみじみと聞く

風のみこと

飯能の領地を侵す都バスなり成木循環トンネルくぐり

飯能の駅どんづまり懐かしきフランクフルト
駅かくのごとしも

飯能の駅を出づれば寒々とゲッセマネの丘み
ゆるごとしも

飯能のまちの医院の窓ガラスきゅうきゅう鳴らす風のみことや

入間川河原へくだる飯能のつちみちに馬きてわれをみちびく

メタセコイア秋寄せくれば落ち葉する入間は
象のおおく棲みいき

高崎へ秩父へ分ける踏切を越せば飯能まこと
の闇よ

お勝手の大口真神の札煤け三峰代参ひさしかるらん

狛犬は狼なれや腰おとし脅さんとしてわれに牙むく

三峯のひさめに濡るる狛犬の狼のあばら筋きわだてる

大口の真神の峰にいたくふる氷雨ののちの霙なりけり

飯能の蕎麦屋にゴルフ人《びと》ら騒ぎ異邦人われ拒まれており

ももとせ

吹上の繭のさなかにうまれ出でし白衣の乙女
ももとせなれり

ももとせのよろしき日和訪いきたる姪はおひさま笑顔なりけり

叔母の辺にあかるき日射しあつめいて姪今生の身寄りなるかな

おのずから柘榴は裂けて放恣なり昔話の明るきところ

秋ととせ昔話の絶えいりて淋しげな眼を倚せくるばかり

にんげんの息の喘ぎのせつなさにいま刻刻と
息たえんとす

確然と死しておれどもわれはいまだ婬御を待
ちて死を俟たしむる

間に合わぬ一期のなさけ大きかなおばちゃん
と呼べば涙あふるる

息たえて息せぬ顔に顔をよせ汝《な》れが瞳に死を
のぞきこむ

わが告ぐる臨終ということば無情なりそこよりひとの死を始めれば

叔母の頬をさする弥勒の手のごとし心の色のもっともふかく

姪なれどあと追う歳やひとり身の独りおおきく背負いいるごと

死にたればしずかなるとき流れきていのちのごとく満たされており

ほのぼのといのちの明かりともりけりいのち
のはてのさきの明かりも

折々に

ダマスコはもう夏日ならん聖五月薔薇の香油
の小瓶かしげて

さくらんぼ実れる夕べ桜木にかくれておれば
愛の歓び

青山をあかるき雨の過ぎゆきて色とりどりに
貧しかりけり

谷戸の雨すぎゆき森の下草に蛇おだやかに隠
れいるらし

六月のゆうべの水にきわまれる瑠璃あじさい
のいのちなるかな

極楽を説き極楽鳥を説きようよう極楽鳥花に
到る

アフリカの陽気な魔術に魅せられて極楽鳥は
花になりしか

隔離せしひとはしずかに眠りいて朱のアネモネの芯の昏さよ

隔離せし媼がひとり舞うごとく顕れいでぬしわぶき低く

報せくる死やしらざりきその闘病その死なんの友ぞ打ち震う

ながらえてまた山なかの杉に倚るここだいのちの直ぐ立つ愛し

毛物《けつもの》のむくろ鉄路に伸びおれば轢死顕ちくる
いくさの後の

わが立てる高み送電塔の聳えいて大胆なり電
線は大谷へ墜つ

送電線一途な筋を谷におろし大ひろがりを越
えゆけるかな

濃霧から送電線が跳びだせり漆黒の束ちから
みなぎり

荒海の秋津のしまのかまどより昇るしずかな
烟りなりけり

のっぺらな倉庫をみあぐ地震《ない》ののちいくひさ
しくも海辺なりけり

水底の物語なり息のみて黄金のごときデブリ
眺むる

アカエイもどの藤壺も生を絶つ炉心デブリの
水底と知る

ももとせもあるいは千歳も手に負えぬ原発デブリならんと歎ず

東北ゆグロタンディークの数学のおどろく射程突き抜け来たる

はらからのひとりひとりが東北のモナドとなりて空に煌めく

家いえに燈のともるとき夕暮れのかほど懐かしそら青みゆく

わが星は軌道ただしく進みいて今宵火星にもっとも倚れり

八月の夜にみるひとつ夏日星そろそろマジック始まるらしも

三

## 胸の風音

喀血のおのれの肺を嚙みたりと語りし神父ま
ぶしかりけり

ドミニコ会司祭高森草庵禅師押田神父さま胸
は癒えしか

村外れそのまた外のやまさかに絶望という名
のやまい訪いしも

富士見高原うつくしき名の哀しさにかの療養
所いまも迫り来

父せしごと肺のフィルムを翳しみる老医師と
してわれたたんとき

机上シャウカステン眩しすぎれば昏き肺うつすフィルムを遮光となせり

ひとり騒ぐ街の青葉のけやきかな大風のけはいわれに嬉しく

中年の淡々と告げし夜のラジオ台風はいま潮岬沖

わが際をさんざ風雨の殴ち合いて過ぐればあわれ東北が渦中

顎のせて胸押しつける啄木も節も知らぬあわれな姿勢

硬き箱いだくがごとく胸あてて息とめている生のかなしさ

りんご割る仁果の面のみずみずし肺腑はいつ
も不実のモノクロ

うつせみのただにあぎとういのちなり身のお
とがいは刃のごとく

鳴虫の女王

案内状あくれば女王の文字うつる鳴虫かんたん御岳に聴かんかと

邯鄲のあおむくすがたひとつみゆ『千蟲圖解』
鈴虫に隣れる

ファーブルのあかるさに満つる夕のやま御岳
のみちに虫鳴きいづる

薄き身を前脚に掛けかんたんは葛の葉かげに
貌だして鳴く

かんたんは秋の虫なり鳴虫の女王くくくくた
かく泣きおり

おしなべて邯鄲鳴くをルルというククときこゆるかなしき耳か

うつせみのいのち満ちゆく闇は深しくくくく鳴けるひとよなりけり

幽明のひとすじ道をいま底へ底へとおりてゆくほかはなし

ひたすらに下りてゆきたしむこうからお父さーんと呼びかけてくる

邯鄲の鳴く音あるいはまぼろしかひとつよの
夢みじかきかぎり

秋分の夜のやまなみをあおぐなり御師《おし》棲みて
燈る御岳ひと峰

欧州

フンボルトペンギンよちよち老人われはフンボルト奨学生たりき

〈椋鳥のたより〉はハイデルベルヒから絵葉
書じみるときくはさみしも

乃木坂の春の嵐に髪を乱しつくづく見たりモ
ネの睡蓮

花となる蕾もあふれひなげしの丘はいまこそ
花盛りなれ

草笛をびりびり鳴らし下りてゆくあすへの糧
はアルビノーニを

タカアシガニあゆめるごとくチェロを弾く西
洋人の指ながきこと

しずかなる砲撃に似る子守歌トロンボーンは
兵士の肩に

陶酔の国歌となりてながらえるこの四重奏の
ひびき悲しも

ローヘングリン名乗りいでたる独逸語もとお
きことばに響きおるかな

風にかしぐ夕やま霧はイタリアの斜塔に消たりみいれば淋し

多摩川のつねより満ちて奔るときドナウ雪解のみず触れにけり

米空軍横田基地

射撃手のかおみえしこと母いいしその高度いま米軍機がくだる

輸送機はくじらのごとき腹みせて舞い降りきたる戦地の匂い

ことごとく戦の種はアメリカにあるとおもいて基地のぞきこむ

米軍を包囲せん立川羽村福生昭島武蔵村山
瑞穂の民よ

闘争の砂川を文明の砂町とおもいこみきし粗
忽おかしき

空を重くどろどろどろどろどろ米軍のオスプレイ
番い飛びゆけるかも

操縦の空軍中尉が茶畑のそら廻るときふと落
涙す

ふるさとよ入間茶畑このあたり軍機をまわし
母へ降りゆく

まよいある兵站の日々夕暮れを部活おえしご
と着機したりき

剝きだしのひろばに西日照りさかり着陸機いまかげろうまとう

## 白鷺

秋の日は小石ばかりのかわはらに母のくによ
り白鷺舞い来る

銜えたる魚跳ね打つを呑みこみて白鷺の頸や
やも伸びする

白鷺の魚呑みこめる喉長し嚥下は生の一大事
なり

白鷺のやすく呑みこむふしぎかな粥ひと匙も
喉くだらざりき

黒魔術の杖より跳びだし来るごとパンパスグ
ラスのおおいなる秋

白鷺はふたたび光るみずのうえ雁がねほどの
高み知らずも

白鷺のつよきちからは羽ばたきに抵《あた》りその脚
萎えいるごとし

白鷺は悲しからずや魚呑みておきくらみへ
飛び去りにけり

白鷺の夕くらがりを影飛べば真白ならんと目
を凝らすべし

地球滅亡

年寄りて地球滅亡を想うとき若き日想いしと
違わぬは哀し

地球滅亡わが生き死にの先なるも焦燥いづる
は本能ならん

かぎりある生ならんかな惑星の地上のわれも
われらもなべて

人の生積もりゆかんもいずれの日なべて消ゆるは儚なからずや

装おいてアダムとイヴの相い唱うこの世の初めヴンダバールや

この星に閉じ込めらるるここちして閉所の恐
怖夜空へ洩るる

平成に読むかなしみの宇宙論うちゅうはやが
て冷えて熄まんと

藤浪

青梅から風吹きあげる峠なりひと吹き日の出へ飛ばされてみたし

山藤かあゆみ過ぎしにこころづく見ればむら
さき日に淡きかも

藤棚のかげに眠ればわれを呼ぶかすかなる声
藤浪のなか

喚ばれゆくいずへあるべしこの世にもああわが生は藤浪の影

野をゆけば疲れはてたる顔に遭う礫へむくイエズスに消る

むらぎもの脳

この夕べひと日のつかれ身にいでて心掛かり
のいよいよ湧けり

滅びたきおもい泉のごとく湧きただひとつなる身に溢れいる

われを焼けわがむらぎもの脳を燃しわがしろたえの骨を炙れ

むらぎもの脳採りだせばぽっかりと穴あきて
おり延髄がみゆ

ひとを殺めその口に説く優生論わたつみ深き
脳に湧きしか

司ることの主従を思うときわれはなずきの僕なるかな

俯けば脳もうつむく寂しさよ果てまでわれに附き来たるかな

秘かなる胸に問うなりわが脳はこの懐かしきここちを知るや

メロンパン噛めばかすかな香りしてわがむらぎものこころ満ちゆく

うす紅の桜花びら生れしよりこころはもはや
おろそかならず

嵐去りて

山峡の夜半の嵐のしずもりてあかときくだち
杉の香に満つ

やまさかは杉の青枝にあふれおりきぞの嵐の
かくも荒れしか

杉っ葉に杉の青葉を敷きつめて道あたらしき
大嵐のあと

めりめりとおのれひき裂きたおれゆく杉のや
すらぎああ谷の木々

道をふさぐ倒れ木の杉あおあおといまだはつ
かに生きおらんかも

樅の実のいまだ青きをことごとく落としし嵐
なりしとおぼゆ

八方に枝ひろげたる樅の木はやまの枯れ葉を
着飾るごとし

ふとぶとと樅の木谷へ倒れおり根こそぎの根に赤土《あかに》付ききて

杉ならぬ木槢の枯れのひと谷はこころ急かるるおもい勝れる

## 一月

一尺にそろい伸びたる松の葉の勢いあれば清しかりけり

この戌の睦月晦日のゐの刻にもちづき赤々蝕
に入りおり

月はみごとオリオン星座へ昇りゆく全き蝕を
深紅に灯し

枯れつくすくぬぎ林のひとつ木に枯れ葉のこれば病むごとくみゆ

一月のくぬぎ林は落ち葉ふむおとばかりしてどこまでも踏む

遠つ世の夕日なるかな射しきたる花穂ばかり
のメタセコイアに

薄墨のひくきそらより舞い来る雪それぞれの
底面《そこも》暗しも

さいはての流れのごとし雪落つるわが多摩川
のくらき水面は

綿雪の成木のさとのかなしさを編めや入間の
しもやけ指は

しんしんと雪ふる奥をみつめおり迎えにくる
は母上ならん

山峡に雪こんこんと降りしきり呼ばれいるご
と静けさの果て

叱られし人差し指も老いにけり指さししめす
一月のやま

この真冬杉の梢へ水かようかそけき音こそい
のちなりけれ

山杉はふかく青みて清々し一月の冷え渓をみたして

しずかなる日の出なりけり冬の日は木原の影をことごとく曳く

全うならん

薔薇の騎士これ聴かせても精気ないねお父さんそんな父になりゆくのか

水かぶる気配ばかりが夢にでてわが尻濡れて
おるらしきかも

いずことも分かず匂いの出づべしや生きの証
しと赦して呉れよ

年よるを罪としなせばわが脇に青あざ擦るを
成敗とよべ

胴抑のドイツ仕立ての白帯がきつくわが身を
いましむるなり

ミニマリストの部屋のごとくに片づけば記憶の棚の小ぶり淋しも

記憶だけじゃないよ失うの　無くなってくんだ暮らしも言葉も

帰りますもう帰りますいま帰るぜったい帰る
いま帰るんだ

ちょっとーちょっとーどなたかちょっとーど
なたかちょっとー出ましたよ

えーとえーとあれあれえーとあのあれえーと
あのあれえーと　えーっとよ

ありのまま生まれきしかなありのまま死ぬる
ことこそ全うならめ

長淵の柿

長淵はまずしき調布村なりき青梅の宿を川越えにあおぎ

山里は秋のひざしの慈悲あふれ柿の実いよよ
甘くなるかな

柿園の老の肩ゆく尺取り虫恋姫次郎の出自き
きおり

柿の実は堅く寄り合いみのりゆく風はたがいを傷めるという

杉やまの杉の枝葉が大風に吹かれ柿の実傷めしときく

柿園は実りあふれて高々とカラスの贄をなか
空に吊る

竹竿に結わえ曝さる禽鳥のぼろぼろとなる骸
が空に

東京紅いでたり朱なる大玉や柿園の勢衰えゆかんも

禅寺丸の精を恃みて結果せし東京紅の朱の肉《しし》かな

柿の木の気儘は里にこそあらめ柿園いでてぶらりぶらりと

風聞は長淵あたり多摩川にコレラの下帯濯ぐと立ちし

苔まとう里の柿の木まどかなり実りて喰わるる実りて落つる

残る柿二つ三つに枝垂れいて柿の木老いのしじまへもどる

残る葉のかぞえるばかり柿の木は里のひなた
にひとつ年寄る

秋冷の谷

父と子のふたりの惑い谷へむき折り重なりて
果てしときこゆ

やまなみへ向かうこころの定まれば霧はしずかに立ちのぼるかな

杉やまの昏き木立の入りかたに紫陽花ひと叢枯れかがやける

杉の根のいわより出たるを足蹴して山のあばらの軋むことなし

みおろせば鷹を乗せたる風はみえずただ秋冷の谷へ透くのみ

父と子のふかく迷いてさまよえば母なる霊の
探しがてぬも

独りくだる杉やまふかき谷なれば踏みはずす
故意湧くにおどろく

しみじみと夕べ杉間をくだるとき谷へだつやま金色に輝る

熊除けのよく鳴る鈴の音をとめて仰げば貴し皇帝ダリア

悲しめばささがねの蜘蛛糸を紡ぎうつくしき
囲を西日へ掛くる

年寄りて

年越しに帰りゆくところなけれども ひとつ年
寄るよろこびのあり

パンを噛むいつもの朝の独り居のどこか嬉しき金環日食

町かどの図書館に座しうべなえるこのまちに死ぬ覚悟ありや　あり

さよならと声ふるわせてさくら散るさよなら
さよなら幾万のさよなら

わが人生全否定されしごと孔あきて返納免許
証戻りきたるも

青山に喪服を買えばたちまちに友のふたりも
逝きにけるかも

学友の世を去るしらせ折々に寄する齢はわが
齢かも

あかときのパン痩せており父のごと涙たるれば焼きがてぬかも

父なりしむくろ痩せ果てかるがると　さよなら　竈へ送りゆきしも

マーマレード延ばすあかとき指をとどめわが
果てし顔まなかいにみる

迫水の寄せるがごとくひたすらに胸にあふる
るみずのありけり

なか空のふと揺るるみゆ秋の日は風やわらか
に立ち出でにけり

雨ふりの墓のつぶやきまどかにて杉やまの入
り奥処へさそう

鈴の音はおりおりわれの背なに鳴る惜命のいろはつかに帯びて

生くるため生まれきしかなこの力尽くるまで息したし　息吸う

天竺をきっと指さす子どものボランティア
劇吾《あ》も涙垂る

先生のサンタの真白き袋から救いの御《み》子がつぎつぎと出る

鳥の影五つかぞえて嬉しきや遠やまなみに鳥をかぞえて

満ちゆくは月の誉や満たさざる十三夜こそ美しきかな

子規よ汝《な》がよこむく頭のかなしきや茄子《なすび》にみゆる糸瓜にもみゆ

# あとがき

『しずかなる舟』はわたしの第一歌集です。題は冒頭歌に依ります。六十代半ば青梅に移りすむようになってから、折々やまなみへ向かい、谷戸をあるき谷をのぼるようになりました。おしなべて山峡は舟のかたちをしていると気づきました。むかいゆく空へ舳先をあげています。

わたしは四年まえ三枝昂之先生、今野寿美先生の「りとむ短歌会」に入れていただき、両先生のご指導をうける果報にあずかっています。出不精ゆえ稀にしか参加することのない歌会で、冒頭の歌を今野先生に誉めていただいたことがありました。新参のわたしは跳びあがらんばかりの慶びでした。ひとは図に乗ることができるものです。

本歌集にはこの五年ほどのあいだにつくった歌から四七九首を選んでおさめ

ました。「同学茂吉」のなかの一首「ブリューゲル　サウルの死せる絵の前にいかほど長く茂吉立ちしや」は例外で、これは三十年むかしウィーンに留学していた折りにつくったものです。現地から朝日歌壇に投稿して採っていただいた思い出があるからです。斎藤茂吉を喚んで同学というのは僭越きわまると映るかもしれません。しかしこの同学とは脳病理学にほかなりません。

わたしは大学医学部を卒業して脳病理学を専攻しました。週末に地方都市の精神科病院へアルバイトにいくようになりました。名誉院長の平畑静塔先生を囲んでおこなわれる症例検討に参加したものです。西東三鬼たちとともに山口誓子を担いで「天狼」を創刊した平畑先生は温厚な古武士のようなかたでした。わたしは先生に十年ほどのあいだ俳句をみていただきました。字句の手直しはなく、大学ノートにならべた句の頭に三角か丸がついているだけです。大方は無印で、ごくごくたまに二重丸がありました。過不足はじぶんで考えなさいということのようでした。この添削法は平畑先生ご自身が誓子からうけた方法だとあとでしりました。

先生から「俳句評論」への投句を勧めていただいたのでしばらくそれをつづけましたが、主宰の高柳重信氏がほどなくして亡くなり投句はやめにしました。

そしてアルバイト先病院事件の一当事者としてもう病院へつながることはなくなり、平畑先生からも俳句からも遠のいてゆきました。

この間、短歌に手をだそうとしたことはありました。が、俳句と短歌は両立しない旨のことを先生からきかされていたため、これに手を染めることはありませんでした。三十余年を閲したいましっかり歌をつくってみたいとおもっているとき、作句の感触はのこっていますから、なるほど俳句と短歌はあぶらと水ほどにことなるのだと実感します。かたみに文法と構築とが違うようです。

とはいえ、日本語の五音と七音をもとにして、十七音なり三十一音なりのながさを律とするふたつの定型短詩は、ともに旧くから習いごとの性格をそなえ、それゆえに座へむかうという似た特質をもっているようにおもえます。いかほど孤高の句歌であっても挨拶の傍えをそなえており、それが自由短詩から両者をもっとも遠いところへ隔てているようにおもえるのです。ともに定型の性をいただいているわけです。

平畑静塔先生は「俳人格」ということばをもちいて俳人と俳句とのかかわりを説いておられました。これと似たようなつながりは歌人と歌とのあいだにもあることでしょう。わたしにとって俳句がけっきょくは自習でしかなかったように、いま短歌に熱中するとき、これもまた苦難の自習でしかありえません。島木赤彦のいうような一心集中した鍛錬をすすめてみたいものです。

残りすくない生のなかでじぶんの歌を鍛えてゆきたい、その精進のできる座が「りとむ」にある。そこに居ることができるのは、わたしには天恵にほかなりません。

最後になりますが、今野寿美先生には歌稿に目をとおしていただき、様々のご助言をいただきました。こころから感謝もうしあげます。また帯文を寄せていただきましたこと、悦びこの上ございません。刊行にあたりましては砂子屋書房の田村博之さまに大変お世話になりました。ありがとうございます。素敵な装幀をしてくださった倉本修さまにもこころからお礼をもうしあげます。

平成三一年三月

池田和彦

著者略歴

池田和彦（いけだ　かずひこ）

一九四六年　和歌山県生まれ
一九七三年　東京大学医学部卒業
　　　　　　東京大学医学部脳研究施設脳病理部門入局
一九八六年－八九年
　　　　　　西ドイツ・ヴュルツブルク大学留学
　　　　　　オーストリア・ウィーン神経学研究所留学
一九九〇年　東京都精神医学総合研究所勤務
二〇〇九年　介護老人保健施設青梅すえひろ苑勤務

りとむ短歌会所属、日本歌人クラブ会員

りとむコレクション110

歌集　しずかなる舟

二〇一九年六月二七日初版発行

著　者　池田和彦
東京都青梅市河辺町一〇―一―五―一一〇三（〒一九八―〇〇三六）

発行者　田村雅之

発行所　砂子屋書房
東京都千代田区内神田三―四―七（〒一〇一―〇〇四七）
電話　〇三―三二五六―四七〇八　振替　〇〇一三〇―二―九七六三一
URL http://www.sunagoya.com

組　版　はあどわあく

印　刷　長野印刷商工株式会社

製　本　渋谷文泉閣